Frankenstein

FichesdeLecture.com

Frankenstein
(Fiche de lecture)

I. INTRODUCTION

Le titre complet de l'œuvre de Mary Shelley (1797-1851) est en fait *Frankenstein ou le Prométhée moderne*, publié en 1818. Ce roman gothique est souvent considéré comme un ouvrage précurseur de la science-fiction.

II. RÉSUMÉ DE L'OEUVRE

Robert Walton, le capitaine d'un navire à destination du Pôle Nord, écrit une lettre à sa sœur, **Margaret Saville**, dans laquelle il raconte que les membres de son équipage ont récemment rencontré en mer un homme à la dérive. Cet homme, **Victor Frankenstein**, lui a raconté son histoire.

Frankenstein a vécu une enfance idéale en Suisse, entouré d'une famille aimante qui adoptait même des orphelins dans le besoin, dont la belle **Elizabeth**, rapidement devenue la meilleure amie de Victor, puis sa confidente et son premier amour. Victor a également un ami dévoué, **Henry Clerval**. Peu de temps avant ses dix-sept ans et son entrée à l'Université d'Ingolstadt, Victor se plonge dans la philosophie naturaliste avec passion, étudiant les secrets de la vie avec un tel zèle qu'il en perd contact avec sa famille. Bientôt, il atteint les sommets de la connaissance dans son domaine et un soir, sans prévenir, élucide le mystère de la vie.

Visionnaire, il veut créer une race nouvelle et noble. Il met donc tout son savoir en pratique et travaille à ce projet. Mais lorsqu'il donne vie à sa première créature, l'apparence de cette dernière est si atroce qu'il l'abandonne. Victor espère que le monstre qu'il a créé va disparaître à jamais, mais quelques mois plus tard, il est informé du meurtre de son frère cadet, **William**. Bien que Victor voie le monstre s'attarder sur les lieux du crime et soit convaincu qu'il l'a commis, il craint que personne ne le croie et décide de garder le silence.

Or **Justine Moritz**, une autre enfant adoptée de la famille, est accusée à tort du meurtre. Elle est donc déclarée coupable et exécutée. Victor est rongé par la culpabilité. Pour échapper quelque temps à la tragédie, la famille Frankenstein part en vacances. Victor passe beaucoup de temps à randonner dans les montagnes, espérant ainsi soulager sa souffrance à travers la beauté de la nature. Mais un jour, sa créature réapparaît, et malgré les malédictions que son créateur lui adresse, le supplie d'écouter son histoire. Le monstre décrit alors sa misérable vie, pleine de souffrance et de rejet en raison de son apparence abominable. Il lui explique aussi comment il a appris tout seul à lire et à écrire. Le monstre condamne l'incapacité de l'humanité à percevoir sa bonté intérieure et la cruauté avec laquelle il a été totalement mis au ban de la société. Sa solitude lui est insupportable, c'est pourquoi il demande à Victor de créer un monstre femelle pour lui apporter l'amour qu'un être humain ne saurait lui donner.

D'abord, Victor refuse, puis il change d'avis et accepte.

De retour à Genève, le père de Victor exprime son souhait de voir son fils épouser Elizabeth. Ce dernier lui répond qu'il doit d'abord effectuer un voyage en Angleterre. Sur la route, il rencontre Clerval, qu'il laisse ensuite au domicile d'un ami en Écosse pour partir seul sur une île isolée et créer son deuxième monstre, femelle cette fois-ci.

Une nuit cependant, Victor commence à s'inquiéter du fait que sa nouvelle créature pourrait se révéler encore plus destructrice que la première. Au même moment, il aperçoit le premier monstre qui le regarde travailler à travers une fenêtre. Cette vision d'horreur pousse Victor à détruire la femelle. Le monstre réclame alors vengeance et avertit Victor qu'il sera là « lors de sa nuit de noces ». Victor jette les restes de sa seconde créature dans l'océan. Mais alors qu'il revient vers le rivage, il est accusé d'un crime commis la même nuit. Lorsque Victor découvre que la victime n'est autre que Clerval, il s'effondre et reste désemparé pendant deux mois. À son réveil, son père est arrivé qui lui apprend que les charges criminelles qui pesaient sur lui ont été levées.

Victor retourne à Genève avec son père et épouse Elizabeth. Mais durant sa nuit de noces, le monstre arrive et tue sa femme. Le père de Victor meurt de chagrin peu de temps après. Seul au monde désormais, Victor décide de se consacrer uniquement à sa vengeance contre sa créature. Il la poursuit jusqu'en Arctique, mais, bloqué par les glaces, doit être secouru par l'équipage de Walton.

Walton écrit une autre série de lettres à sa sœur. Il lui raconte son échec à rejoindre le Pôle Nord et à remettre Victor sur pied, puisque celui-ci décède quelque temps après son sauvetage. La dernière lettre du capitaine décrit la découverte du monstre alors que celui-ci se recueille sur le corps de Victor. Walton accuse le monstre de n'avoir aucun remords, mais ce dernier répond que sa souffrance est plus intense que n'importe quelle autre personne. Avec la mort de Victor, le monstre a réalisé sa vengeance et veut désormais en finir avec la vie.

III. PRÉSENTATION DES PERSONNAGES

Victor Frankenstein

La vie de Victor est au cœur de *Frankenstein*. Jeune Suisse, il grandit à Genève en lisant les travaux des anciens alchimistes, une somme de connaissances qui lui sert ensuite à l'Université d'Ingolstadt. Par la suite il étudie la science moderne et, en quelques années seulement, parvient à maîtriser tout ce que ses professeurs lui ont enseigné. Il se fascine alors pour « le secret de la vie », le perce et met au monde un monstre hideux. Le monstre assassine son frère, son meilleur ami et sa femme. Indirectement, il cause aussi la mort de deux innocents, dont le père de Victor. Bien que déchiré par le remords, la honte et la culpabilité, Victor refuse d'admettre à quiconque ce qu'il a créé, même lorsqu'il constate les ramifications des actes de sa créature et la spirale incontrôlable qu'il a déclenchée.

Victor évolue au cours du roman. Du jeune innocent fasciné par les perspectives qu'offre la science, il se transforme en homme désabusé et rongé par la culpabilité, déterminé à détruire le fruit de son arrogante démarche scientifique. Que ce soit le résultat de son désir d'atteindre un pouvoir quasiment divin de création ou le fait de son retrait de la vie publique par ses expériences scientifiques, Victor semble condamné pour son manque d'humanité. Il se coupe du monde et finit par se consacrer entièrement à son obsession de revanche sur le monstre qu'il a créé.

À la fin du roman, après avoir pourchassé sa création toujours plus vers le Nord, Victor raconte son histoire à Robert Walton puis décède. Avec ses narrateurs multiples et, du coup, ses multiples perspectives, le roman offre au lecteur plusieurs interprétations possibles du personnage de Victor :

est-il un savant fou qui transgresse toutes les limites sans scrupules, ou un aventurier courageux qui se lance dans une partie inconnue de la science et ne peut donc être tenu pour responsable des conséquences de ses explorations ? C'est au lecteur que revient l'appréciation finale.

Le Monstre

Le monstre est la création de Victor à partir d'un assemblage de morceaux de cadavres et d'étranges produits chimiques, le tout animé par une mystérieuse étincelle. Il mesure plus de deux mètres de haut et est d'une force peu commune, mais doté de l'intellect d'un nouveau-né. Abandonné par son créateur et perdu, il essaie de s'intégrer dans la société, d'où il est partout rejeté. En se regardant dans un miroir, il se rend compte de son physique affreux, un aspect de sa personne qui aveugle la société sur sa nature initialement bonne et douce. En quête de revanche sur son créateur, il tue d'abord le frère de Victor. Puis, après que ce dernier ait détruit son travail sur un monstre femelle destiné à alléger sa solitude, il s'attaque au meilleur ami de Victor et à sa femme.

Alors que Victor ressent une haine absolue pour sa création, le monstre au contraire montre qu'il n'incarne pas le mal pur. Sa narration éloquente des évènements révèle une sensibilité et une bienveillance remarquables. Il assiste un groupe de pauvres paysans et sauve une jeune fille de la noyade, mais à cause de son aspect extérieur, il n'est récompensé que par des coups et du dégoût. Déchiré entre compassion et esprit de vengeance, le monstre finit seul et tourmenté par le remord. Même la mort de son créateur ne lui procure qu'un amer soulagement. De la joie d'un côté, car Victor a été la source de nombre de ses souffrances, mais de la tristesse aussi, car il était la seule personne avec qui il avait entretenu une relation.

Robert Walton

Les lettres de Walton à sa sœur forment le cadre de la narration principale, à savoir la vie tragique de Victor Frankenstein. Il est à la tête d'un navire en direction du Pôle Nord qui se retrouve piégé dans les glaces. Alors qu'il attend la fonte de la glace, lui et son équipage récupèrent Victor, affaibli et émacié par sa longue poursuite du monstre. Victor récupère un peu, raconte à Walton son histoire puis meurt. Le capitaine se lamente du décès d'un homme pour qui il commence à éprouver un fort sentiment d'amitié.

Walton fonctionne comme le conduit par lequel le lecteur en apprend plus sur l'histoire de Victor et de sa créature. Toutefois, il joue aussi un rôle parallèle à Victor de plusieurs façons. Comme lui, c'est un explorateur. Il recherche ce « pays de la lumière éternelle ». L'influence qu'a Victor sur lui est paradoxale : à un moment il exhorte les homes de Walton, à deux doigts de la mutinerie, à tenir bon et à être courageux ; et au moment suivant, il incarne l'exemple abject des dangers d'une ambition scientifique sans bornes. Dans son ultime décision, celle d'en finir avec sa poursuite, Walton sert de double négatif à Victor, à savoir qu'il incarne quelqu'un dont les actions ou les caractéristiques contrastent avec un autre personnage afin de mettre en relief le second.

Henry Clerval

Ami d'enfance cher au cœur de Victor, celui-ci le décrit comme doté d'une grande imagination, d'un cœur sensible et d'un amour sans limites de la nature. Clerval sert de guide à Victor tout au long du roman, puisqu'il l'aide avec abnégation sans jamais le pousser à révéler ses secrets. Son optimiste contraste fortement avec la tristesse de Victor.

IV. AXES DE LECTURE DE FRANKENSTEIN

Le danger de certaines connaissances

La poursuite de la connaissance est au cœur de *Frankenstein*. Victor essaie d'aller **au-delà des limites humaines** telles qu'on les conçoit et de percer le mystère de la vie. Pareillement, Robert Walton tente de **surpasser** les explorations humaines précédentes en essayant d'atteindre le Pôle Nord. Cette poursuite impitoyable de la connaissance se révèle dangereuse, puisque la créature de Victor finit par tout détruire autour de lui, tandis que Walton se retrouve dangereusement piégé par les glaces. Alors que la haine obsessionnelle de son monstre conduit Victor à sa propre mort, Walton cependant finit par se retirer de sa mission, grâce aux enseignements qu'il a reçus de l'exemple de Victor prouvant à quel point **la soif de savoir peut être destructrice**.

À ce sujet d'ailleurs, le sous-titre de l'œuvre incluse une référence à Prométhée. On peut citer à cet égard une réflexion de Gaston Bachelard qui s'applique bien à l'œuvre ; il définit ainsi ce qu'on appelle le **« complexe de Prométhée » :** *« toutes les tendances qui nous poussent à savoir autant que nos pères, plus que nos pères, autant que nos maîtres, plus que nos maîtres »*.

Dans cette perspective, et d'après ses propres mots, « le complexe de Prométhée est le complexe d'Œdipe de la vie intellectuelle » (Bachelard, in *La psychanalyse du feu)*.

Une nature sublime

Le monde naturel est vu dès les Romantiques (à la fin du XVIIIe siècle) comme sublime et comme une **source d'expérience émotionnelle illimitée** pour l'individu. La nature peut même offrir un renouveau spirituel. Or, dans le roman, lorsque Victor est plongé dans la dépression et le remords après la mort de William et Justine (dont il se sent responsable), il se tourne immédiatement vers les montagnes pour alléger son esprit. De même, après un hiver infernal dans le froid et l'abandon, le monstre se sent rasséréné lorsqu'arrive le printemps.

L'influence de la nature sur l'humeur est mise en avant tout au long du roman, mais, pour Victor, la capacité du monde naturel à le consoler s'atténue lorsqu'il se rend compte que le monstre hantera ses pensées où qu'il aille. En fin de compte, alors que Victor est dans sa poursuite obsessionnelle de sa créature, la nature, sous la forme de l'Arctique, fonctionne simplement comme une **toile de fond symbolique** de sa lutte primitive contre le monstre.

La monstruosité

De toute évidence, ce thème imprègne l'ensemble du roman, puisque le monstre tient la place centrale de l'action. Haut de plus de deux mètres et hideux, il est rejeté par la société. Pourtant, sa monstruosité **ne résulte pas uniquement de son apparence**, mais aussi de la manière artificielle dont il a été créé, qui implique des parties de cadavre et des produits chimiques. Il n'apparaît donc pas comme le fruit d'un effort scientifique, mais d'un fonctionnement sombre et surnaturel.

Le monstre n'est en fait qu'un exemple parmi **d'autres d'entités mons-trueuses** dans le roman, dont le savoir utilisé par Victor pour le créer... On pourrait presque affirmer que **Victor lui-même est une sorte de monstre**, dans la mesure où son ambition, son sens du secret et son égoïsme l'ont aliéné hors de la société humaine.

Généralement en marge, il est peut-être le vrai monstre intérieurement, puisqu'il finit consumé par sa haine obsessionnelle.

Enfin, de nombreux critiques littéraires ont qualifié de **« monstrueux » le roman lui-même**, dans la mesure où il combine différentes voix, diffé-rents textes et différents temps.

Le secret

Victor conçoit la science comme un **mystère** à résoudre. Ses secrets, une fois percés, doivent être jalousement protégés. Ainsi, il considère M.Krempe, un philosophe rencontré à Ingolstadt, comme un scientifique modèle, *« homme fruste, mais profondément imprégné des secrets de sa science »*. L'obsession de Victor pour la création d'une vie est entourée de secret, de même que celle de la destruction du monstre, jusqu'à ce qu'il raconte son histoire à Walton. Pendant que Victor s'obstine à garder le secret par honte et culpabilité, le monstre est en isolement forcé en raison de son apparence. Walton sert donc de dernier confesseur aux deux, créateur et créature.

En se confessant juste avant de mourir, Victor échappe au secret étouffant qui a ruiné sa vie. De même, le monstre profite de la présence de Walton pour établir une connexion humaine, en souhaitant désespérément qu'au moins une personne comprenne sa misérable existence et compatisse.

La diversité des textes présentés dans l'œuvre de Mary Shelley

Frankenstein est rempli de **textes : lettres, notes, journaux, inscriptions et livres divers composent le roman**, parfois nichés les uns dans les autres, parfois simplement cités.

Les lettres de Walton enveloppent l'ensemble du récit ; l'histoire de Victor s'insère dans ces lettres ; l'histoire du monstre s'insère dans celle de Victor ; l'histoire d'amour entre Félix et Safie, ainsi que les références au *Paradis Perdu* (épopée de John Milton) s'insèrent dans celle du monstre… Cette profusion de textes est un aspect important de la structure narrative, de même que les différents types d'écriture permettent d'exprimer différemment les attitudes et émotions des personnages.

Enfin, le **langage joue un rôle fondamental dans le développement** du monstre. En écoutant et observant les paysans, il apprend à parler et à lire, ce qui lui permet de comprendre la source de sa création. Plus tard, il laisse des notes pour Victor lors de sa course à travers le Nord, inscrivant des mots sur les arbres et les pierres et transformant la nature elle-même en surface d'écriture.

Dans la même collection en numérique

Les Misérables

Le messager d'Athènes

Candide

L'Etranger

Rhinocéros

Antigone

Le père Goriot

La Peste

Balzac et la petite tailleuse chinoise

Le Roi Arthur

L'Avare

Pierre et Jean

L'Homme qui a séduit le soleil

Alcools

L'Affaire Caïus

La gloire de mon père

L'Ordinatueur

Le médecin malgré lui

La rivière à l'envers - Tomek

Le Journal d'Anne Frank

Le monde perdu

Le royaume de Kensuké

Un Sac De Billes

Baby-sitter blues

Le fantôme de maître Guillemin

Trois contes

Kamo, l'agence Babel

Le Garçon en pyjama rayé

Les Contemplations

Escadrille 80

Inconnu à cette adresse

La controverse de Valladolid

Les Vilains petits canards

Une partie de campagne

Cahier d'un retour au pays natal

Dora Bruder

L'Enfant et la rivière

Moderato Cantabile

Alice au pays des merveilles

Le faucon déniché

Une vie

Chronique des Indiens Guayaki

Je voudrais que quelqu'un m'attende quelque part

La nuit de Valognes

Œdipe

Disparition Programmée

Education européenne

L'auberge rouge

L'Illiade

Le voyage de Monsieur Perrichon

Lucrèce Borgia

Paul et Virginie

Ursule Mirouët

Discours sur les fondements de l'inégalité

L'adversaire

La petite Fadette

La prochaine fois

Le blé en herbe

Le Mystère de la Chambre Jaune

Les Hauts des Hurlevent

Les perses

Mondo et autres histoires

Vingt mille lieues sous les mers

99 francs

Arria Marcella

Chante Luna

Emile, ou de l'éducation
Histoires extraordinaires
L'homme invisible
La bibliothécaire
La cicatrice
La croix des pauvres
La fille du capitaine
Le Crime de l'Orient-Express
Le Faucon malté
Le hussard sur le toit
Le Livre dont vous êtes la victime
Les cinq écus de Bretagne
No pasarán, le jeu
Quand j'avais cinq ans je m'ai tué
Si tu veux être mon amie
Tristan et Iseult
Une bouteille dans la mer de Gaza
Cent ans de solitude
Contes à l'envers
Contes et nouvelles en vers
Dalva
Jean de Florette
L'homme qui voulait être heureux
L'île mystérieuse
La Dame aux camélias
La petite sirène
La planète des singes
La Religieuse
1984 A l'Ouest rien de nouveau
Aliocha
Andromaque
Au bonheur des dames
Bel ami
Bérénice
Caligula
Cannibale
Carmen

Chronique d'une mort annoncée
Contes des frères Grimm
Cyrano de Bergerac
Des souris et des hommes
Deux ans de vacances
Dom Juan
Electre
En attendant Godot
Enfance
Eugénie Grandet
Fahrenheit 451
Fin de partie
Frankenstein
Gargantua
Germinal
Hamlet
Horace
Huis Clos
Jacques le fataliste
Jane Eyre
Knock
L'homme qui rit
La Bête humaine
La Cantatrice Chauve
La chartreuse de Parme
La cousine Bette
La Curée
La Farce de Maitre Pathelin
La ferme des animaux
La guerre de Troie n'aura pas lieu
La leçon
La Machine Infernale
La métamorphose
La mort du roi Tsongor
La nuit des temps
La nuit du renard
La Parure

La peau de chagrin

La Petite Fille de Monsieur Linh

La Photo qui tue

La Plage d'Ostende

La princesse de Clèves

La promesse de l'aube

La Vénus d'Ille

La vie devant soi

L'alchimiste

L'Amant

L'Ami retrouvé

L'appel de la forêt

L'assassin habite au 21

L'assommoir

L'attentat

L'attrape-coeurs

Le Bal

Le Barbier de Séville

Le Bourgeois Gentilhomme

Le Capitaine Fracasse

Le chat noir

Le chien des Baskerville

Le Cid

Le Colonel Chabert

Le Comte de Monte-Cristo

Le dernier jour d'un condamné

Le diable au corps

Le Grand Meaulnes

Le Grand Troupeau

Le Horla

Le jeu de l'amour et du hasard

Le Joueur d'échecs

Le Lion

Le liseur

Le malade imaginaire

Le Mariage de Figaro

Le meilleur des mondes

Le Monde comme il va

Le Parfum

Le Passeur

Le Petit Prince

Le pianiste

Le Prince

Le Roman de la momie

Le Roman de Renart

Le Rouge et le Noir

Le Soleil des Scortas

Le Tartuffe

Le vieux qui lisait des romans d'amour

L'Ecole des Femmes

L'Ecume Des Jours

Les Bonnes

Les Caprices de Marianne

Les cerfs-volants de Kaboul

Les contes de la Bécasse

Les dix petits nègres

Les femmes savantes

Les fourberies de Scapin

Les Justes

Les Lettres Persanes

Les liaisons dangereuses

Les Métamorphoses

Les Mouches

Les Trois mousquetaires

L'étrange cas du Dr Jekyll et de Mr Hyde

L'Ile Au Trésor

L'île des esclaves

L'illusion comique

L'Ingénu

L'Odyssée

L'Ombre du vent

Lorenzaccio

Madame Bovary

Manon Lescaut

Micromégas

Mon ami Frédéric

Mon bel oranger

Nana

Ne tirez pas sur l'oiseau moqueur

Notre-Dame de Paris

Oliver twist

On ne badine pas avec l'amour

Oscar et la dame rose

Pantagruel

Le Misanthrope

Perceval ou le conte du Graal

Phèdre

Ravage

Roméo et Juliette

Ruy Blas

Sa Majesté des Mouches

Si c'est un homme

Stupeur et tremblements

Supplément au voyage de Bougainville

Tanguy

Thérèse Desqueyroux

Thérèse Raquin

Ubu Roi

Un Barrage contre le Pacifique

Un long dimanche de fiançailles

Un secret

Vendredi ou la vie sauvage

Vipère au poing

Voyage au bout de la nuit

Voyage au centre de la terre

Yvain ou le Chevalier au lion

Zadig

À propos de la collection

La série FichesdeLecture.com offre des contenus éducatifs aux étudiants et aux professeurs tels que : des résumés, des analyses littéraires, des questionnaires et des commentaires sur la littérature moderne et classique. Nos documents sont prévus comme des compléments à la lecture des oeuvres originales et aide les étudiants à comprendre la littérature.

Fondé en 2001, notre site FichesdeLectures.com s'est développé très rapidement et propose désormais plus de 2500 documents directement téléchargeables en ligne, devenant ainsi le premier site d'analyses littéraires en ligne de langue française.

FichesdeLecture est partenaire du Ministère de l'Education du Luxembourg depuis 2009.

Plus d'informations sur www.fichesdelecture.com

ISBN: 978-2-511-02864-3

# Notes :